L(i)ebenslang und unvergänglich

AF272471

Petra J. Dröscher

L(i)ebenslang und unvergänglich

Du lebst in meiner Liebe – bis in alle Ewigkeit

Bibliografische Information Der Deutschen Nationalbibliothek:
Die Deutsche Nationalbibliothek verzeichnet diese Publikation in der
Deutschen Nationalbibliografie; detaillierte bibliografische Daten sind
im Internet über http://dnb.d-nb.de abrufbar.

Impressum: © 2007 Petra J. Dröscher

Herstellung: Books on Demand GmbH, D-22848 Norderstedt
Layout und Gestaltung: Petra J. Dröscher in Gemeinschaft mit
M. Bauer, BoD
Printed in Germany
Dieses Buch wurde im On-Demand-Verfahren hergestellt.

ISBN 978-3-8334-8521-3

Inhalt

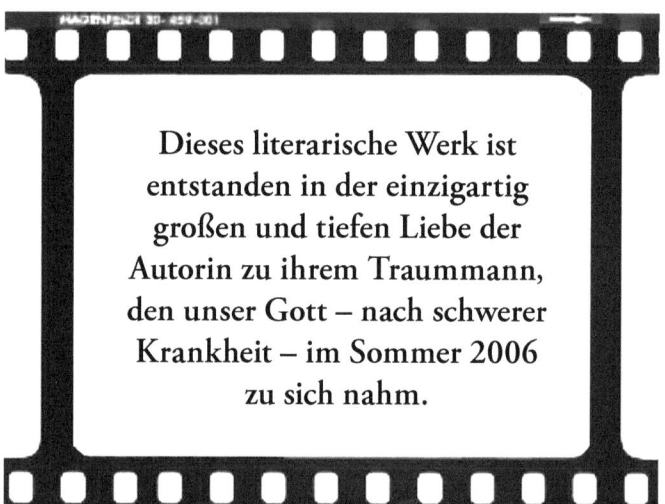

Dieses literarische Werk ist
entstanden in der einzigartig
großen und tiefen Liebe der
Autorin zu ihrem Traummann,
den unser Gott – nach schwerer
Krankheit – im Sommer 2006
zu sich nahm.

Vorwort

Die Autorin setzt sich auf feinfühlige Art, in gut verständlicher Weise, mit der interessanten und ebenso spannenden Fragestellung über die Liebe nach dem Tode auseinander.

›Liebenslang und unvergänglich‹, mit dem ausgewählten, tiefgründigen Thema: ›Du wohnst in meiner Liebe – bis in alle Ewigkeit‹, spiegelt die unendliche Kraft der aufrichtigen Liebe wieder.

Den werten Leser/inne/n wird hier ein in faszinierender Erzählform geschriebenes Buch anvertraut.

Einleitung

»Achtung! Wichtiger Sicherheitshinweis ...!«
Unsanft wurde ich nun aus meinen Gedanken
gerissen, und mir wurde klar, dass ich nicht an
irgend einem südländischen Strand Händchen
haltend mit der ›Liebe meines Lebens‹ spazieren
ging; nein, die einzigartig große ›Liebe meines
Lebens‹ war – plötzlich und unerwartet – vor
ein paar Wochen verstorben und ich befand
mich hier am Flughafen Frankfurt a. M., um
nach ›Warszawa‹, also Warschau, dem ›Paris des
Ostens‹, zu reisen. Dort würde ich bei meinem
Besuch vertraute Bekannte wiedersehen und ein
wenig Ablenkung von meiner Trauer erfahren
dürfen.

Langsam ließ ich meine Augen umherschwei-
fen, als ich plötzlich eine junge Frau wahrzu-
nehmen vermochte, die sich jetzt auch zielsicher
auf mich zu bewegte, um dann mit freudiger
Stimme meinen Namen auszurufen. »Hallo, Frau
Dröscher, das gibt es doch gar nicht, welch ein
wunderbarer Zufall, Ihnen hier in Deutschland
zu begegnen!« Ich erwiderte etwas überrascht
und gerührt: »Guten Tag, Nathalie! Auch ich

freue mich, Sie zu sehen, aber ich glaube nicht an Zufälle, sondern nur an Fügungen, wie Sie ja nur zu gut von mir wissen.« »Liebste Frau Dröscher«, hörte ich nun Nathalie Chantal Lefèvre zu mir sagen, »ich habe Ihr Buch gelesen, – unser Buch –. Sie haben es jetzt endlich zu Papier gebracht, die Geschichte meines Lebens und der Liebe sowie meine Erfahrung mit der ›Willkürlichkeit in schwarzer Robe‹. Als ich die Schweiz besuchte, las ich zufällig in einer Tageszeitung darüber, wo ihr Buch vorgestellt und gelobt wurde. Jetzt ist mir aber noch einmal schwer ›mitgespielt‹ worden; Marc Bernard, mein über alles geliebter »Prinz« »aus dem Land der Könige«, ist vor drei Monaten von mir gegangen, und ich bin nun ganz alleine.«

Ich schwieg für einen Moment, dann versuchte ich ihr von ganzem Herzen etwas Tröstliches zu sagen: »Nathalie, es tut mir wirklich sehr leid, dass Sie nun wirklich vor gar nichts verschont bleiben, aber bitte glauben Sie mir, auch für Sie wird bald wieder die Sonne scheinen; Gott hat Ihren Marc heimgeholt, weil er nicht wollte, dass er an seiner schweren Krebserkrankung leidet, und Ihre Liebe endet nicht durch seinen Tod. Es ist lediglich sein Körper, die Hülle, die vergeht.

Er, d. h. seine Seele, sein Geist ist bei Ihnen – so-lange, wie auch Ihre Liebe währt!« »Liebe Frau Dröscher«, antwortete Nathalie darauf hin, »es ist so freundlich und wärmend, wie Sie mich zu beruhigen und zu trösten versuchen, aber wissen Sie, ich fühle mich so leer und unendlich traurig. Er war doch Alles, was ich noch hatte und was mir etwas bedeutete.« Nur zu gut verstand ich Nathalie, diese sensible und verzweifelte Frau. Hatte ich nicht auch gerade das Wertvollste und Schönste in meinem Leben verloren und versuchte meinen Kummer, beispielsweise durch die Reise nach Warschau, zu verdrängen?

Jetzt wurde mir bewusst, dass mein väterlicher Bekannter, Gustav Baur, ein älterer souveräner Herr, ehemaliger Korrektor bei einem großen Verlag und einem hochrangigen Zeitungsverlag, wohl durchaus recht hatte, wenn er mich zum Schreiben ermuntern wollte. »Du musst wieder schreiben. Bitte schreibe Deine Gedanken und Gefühle auf. Ich werde Dir, sofern Du es gestat-test, mit Rat und Tat beiseite stehen. Lass mich doch bitte Dein ›Förderer‹ sein.« – Auch Gustav hatte gerade seine langjährige Lebensgefährtin verloren, und mit ihr ein Stück seiner Seele. –

»Ich werde wieder schreiben, Nathalie«, hörte

ich mich sagen, »schreiben über die Liebe. Über das Phänomen ›Liebe‹ bis dass der Tod uns scheidet … .« »Ich werde behaupten und versuchen, es zu beweisen, dass wahrhaftige Liebe ›liebenslang und unvergänglich‹ ist, und der Untertitel dieser Erzählung wird heißen: ›Du lebst in meiner Liebe – bis in alle Ewigkeit‹«. Nathalie sah mich begeistert an und nickte wortlos … .

Einige Zeit später …

Ich konnte mich nur sehr schwer auf das Schreiben konzentrieren. Kaum hatte ich ein paar Zeilen zu Papier gebracht, zerriss ich es wieder. Meine eigene tiefe Trauer um meinen über alles geliebten Lebensgefährten und einige andere Sorgen hatten mich inne und blockierten wohl den Weg von meiner Seele zu meinem Geist.

Dann, an einem grauen Sonntag, nach dem Morgengebet, löste sich plötzlich etwas in mir und ich konnte endlich meine und Nathalies Gedanken in mein Manuskript einbringen … .

Wie viele gute Jahre, wie viel Liebe …

Nathalie erfährt nun schon fast zwei Jahrzehnte lang Geborgenheit, Zärtlichkeit und Liebe durch ihren um ›ein viertel Jahrhundert‹ älteren, sie an den orientalischen Filmschauspieler, Omar Sharif erinnernden »Prinzen« »aus dem Land der Könige«, Marc Bernard Bohéme.

Es ist jetzt sogar die Rede davon, dass Marc seine ›kleine Süße‹ Nathalie, heiraten wird. Aber das Schicksal greift ein, unerbittlich und hart … . Nathalie sitzt träumend an ihrem imposanten Schreibtisch aus weißem Marmor und vertraut sich ihrem Tagebuch an;

»Marc, mein über Alles geliebter Prinz;
es ist mir heute ein besonderes Bedürfnis, Dir zu schreiben; ja, Dir meine geheimsten Gedanken und vertraulichsten Gefühle zu bekennen. Du bist »mein Prinz« »aus dem Land der Könige« – eben die wahrhaftige Liebe meines Lebens. Ich erblickte das lebendige Licht dieser Welt ein viertel Jahrhundert später als Du. Bevor wir uns begegneten hattest Du einige bedeutungslose Affären durchlebt, warst verheiratet und wurdest Vater einer Tochter. Du lebtest Dein Leben in vollen Zügen und

warst auf der rastlosen Suche, nach etwas, was Du nicht kanntest. Dein Unternehmen lief erfolgreich und bescherte Dir große materielle Sicherheit; doch was nutzt Alles ›Haben‹, wenn die Seele im ›Soll‹ steht?!

An einem Tag, vor etwa zwanzig Jahren, als wir beide zum ersten Male miteinander telefonierten, da ›passierte‹ etwas; zwar wussten wir nichts von einander und hatten uns auch noch nicht gesehen, aber ich hatte nachts einen Traum, einen intensiven Traum von Dir, obwohl ich bis dahin doch nur Deine Stimme am Telefon kannte, die tief, ruhig und warm mein Herz erreichte. Von Deiner eigenen Beschreibung her, warst Du groß, stattlich, dunkelhaarig, mit gebräuntem Teint. Du hattest blau-grau-grüne Augen und trugst einen schwarzen Oberlippenbart. Über mich wusstest Du durch Deinen Geschäftsfreund Rolf, der sich später – für uns Beide – als ein gerissener, einschlägig vorbestrafter Wirtschaftsbetrüger entpuppte und mit dem ich noch ein Verhältnis hatte, dass ich ein sehr femininer Typ, mit kastanienfarbenem, mittellangem Haar und rehbraunen Augen war, von 1,65m Größe. Deiner Meinung nach hatte ich eine sehr warme, klare und erotisch klingende Stimme und Du wolltest mich nach unserem Telefongespräch sofort kennen lernen. Ich gab Dir aber erst einmal einen ›Korb‹, weil ich die Beziehung zu Rolf noch nicht beendet hatte und dieser es zuvor ohnehin stets geschickt verstanden hatte, unser Zusammentreffen zu verhindern. –

Ich rief Dich also am darauf folgendem Tage in Deinem damaligen Büro an und erzählte Dir aufgewühlt, mit schnell schlagendem Herzen, von eben diesem Traum, erzählte Dir, dass wir uns in diesem Traum leidenschaftlich geküsst und hingabevoll geliebt hatten. Immer und immer wieder. Wir konnten gar nicht genug von einander bekommen. Während dieses Telefongesprächs sagtest Du mir dann, dass Du andauernd an mich denken müsstest und Du flehtest mich in dem selben Satz an, mich auf der Stelle sehen zu wollen. Ich sagte Dir spontan – wie selbstverständlich – zu und gab Dir zu verstehen, dass auch ich mich danach sehnen würde, endlich in Deinen starken Armen liegen zu können … . Du sagtest mir noch, dass Du im Büro Alles Stehen und Liegen lassen würdest, um sofort zu mir zu fahren. Es trennten uns etwa einhundert Kilometer. Als Du dann bei mir zu Hause vor mir gestanden hattest, geschah es dann. Alles lief genauso wunderschön ab, wie in meinem Traum. Es war wie ein Zauber in einem Märchen, aus ›Tausend und einer Nacht‹, der uns da gefangen hielt. Wir waren so sehr vertraut miteinander, als wären wir schon lange ein sich innig liebendes Paar. Du verabredetest gleich ein neues Treffen mit mir für den nächsten Tag. Ich fühlte mich wie in Trance und konnte es kaum erwarten, Dich wieder zu sehen, Dich zu spüren, um den Gipfel der Lust mit Dir zu erklimmen. – So etwas, also so ein tiefes Gefühl, hatte ich vor Dir noch nicht erfahren. Zunächst versuchte ich mir noch einzureden, dass ich mit Dir nur ›spielen‹ wolle, um Dich dann – in naher Zukunft – wieder abzuschieben. Aber sehr bald schon wurde mir bewusst, dass ich Dir zugehörig und sozusagen verfallen war. Du warst ganz durcheinander, weil Du nicht verstehen konntest, was das hier mit uns war, was Dich so stark zu mir zog, was Dich so sehr nach mir verzehren ließ und Dir endlich die richtige Frau begegnet war, wie Du sie Dir ein Leben lang ersehnt hattest. Ja, Du hattest Dich ernsthaft in mich verliebt; Du, der solch tiefe Gefühle niemals zuvor für eine Frau empfunden hatte, dieses Zusammenschmelzen von Seele und Körper. Ab diesem Zeitpunkt waren wir beide zusammen und unzertrennlich in unserer tiefen Verbundenheit und Leidenschaft.« –

»Mein geliebter Prinz, bitte denke daran, wie

oft wir ›auseinander‹ gegangen waren, um genauso oft wieder miteinander glücklich vereint zu sein. Und daran hat sich bis heute nichts geändert. Wir sind uns nur noch immer näher gekommen und sind geradezu miteinander tief ›verwurzelt‹. Mein Liebling, Du hast vollkommen recht; wir sind für einander bestimmt. Wenn ich Deine wunderbare Stimme höre, oder Dich sehnsüchtig erwarte, bekomme ich weiche Knie und mein Herz beginnt ganz schnell und laut zu schlagen. Du bist das Wichtigste und das Schönste, was mir unser Herrgott je geschenkt hat, in meinem Leben. Durch Dich kommt Liebe in mein Leben, Lust in mein Gesicht und Herz ins Gleichgewicht!

Geliebter Marc, ich danke Dir von ganzem Herzen für all die guten Jahre mit so viel Liebe!!!«

Die Diagnose Krebs, die Eifersucht und die Liebe auf dem Prüfstand

»*Im Frühjahr dieses Jahres bist Du schwer erkrankt. Die bittere und unumstößliche Diagnose lautet Lungenkrebs. Ein bösartiger Tumor, ein sogenanntes Bronchialkarzinom ist in Deiner Lunge herangewachsen.*

Ich lese Fachliteratur, um Näheres über diese Krankheit zu erfahren, um Dich und Dein Verhalten besser zu verstehen. Du hast Dich nämlich verändert, bist mitunter verletzend und ungerecht. Deine – immer latent da gewesene – Eifersucht ist nun unerträglich geworden, geradezu beängstigend. Du tust mir damit so unendlich weh, zweifelst jetzt sogar an meiner echten und unsterblichen Liebe zu Dir und stellst so ziemlich Alles in Frage, was uns doch stets miteinander verbunden hat. Warum akzeptiert Du nicht einfach, dass ich, seitdem ich mit Dir zusammen bin, Dich und immer nur Dich liebe und begehre?

Du weist mich von Dir und verbietest mir jetzt sogar, Dich im Krankenhaus zu besuchen, obwohl Du das Krankenhaus für Deine Behandlung und die Operation, an meinem Wohnort ausgewählt hattest, damit ich Dich problemlos und schnell besuchen kann. Du rufst mich von der Klinik aus an und beschimpfst mich, unterstellt mir wieder einmal, ein Verhältnis zu einem anderen ›Kerl‹ zu unterhalten und behauptest, dass ich Dich belüge. – Ich weine still in mich hinein, meine Depressionen verstärken sich und ich leide sehr, leide, weil Du mein wertvollstes Geschenk an Dich ablehnst; meine unendlich tiefe Liebe und Treue zu Dir. – Als Du dann schließlich fast neun Stunden lang an der Lunge operiert wirst, und bald darauf einen schweren Herzinfarkt erleidest, baut sich in mir plötzlich eine spirituelle Verbindung zu Dir auf. Ich bete aus tiefstem Herzen um Dein Überleben und ›kommuniziere‹ mit Dir ›von Seele zu Seele‹. Es hat funktioniert. Auf der Schwelle zwischen Leben und Tod kehrst Du nun zurück. Du spürst jetzt ganz genau, dass auch ich Dich brauche und dass es ein unverzeihlicher Fehler wäre, jetzt zu ›gehen‹, ohne Dich mit mir ausgesprochen zu haben, ja, ohne die notwendige Vorbereitung getroffen zu haben, für das jenseitige Leben, das Leben ›danach‹. Es ist Dir bewusst geworden, dass unsere Seelen niemals Frieden kriegen würden, wenn Du nicht dazu bereit sein würdest, die Unendlichkeit unserer einzigartigen Liebe zu zulassen.«

»Mein Liebling, es spielt für mich absolut keine Rolle, ob Du während Deiner Chemotherapie Haarausfall oder sonstige äußerliche Veränderungen vorweisen wirst. Ich liebe Dich so, wie Du bist und sehe Dich mit meinen ›Augen der Liebe‹! Du bleibst für mich immer mein über Alles geliebter »Prinz« »aus dem Land der Könige«.«

»Marc, mein Liebster, Du hast heute Geburtstag. Heute ist ein wunderschöner und wolkenloser Sonnentag, in der Mitte des Jahres, und ich freue mich sehr darauf, Dir am Telefon liebevoll gratulieren zu können, um Dir von tiefstem Herzen zu versichern, dass ich Gott danke, für die vielen guten Jahre voller Liebe mit Dir! – Da höre ich jetzt auch schon Dein Klingelzeichen auf »unserem« Funktelefon und ich sehe im Display den Eintrag »Mein Prinz«. Umgehend rufe ich Dich an und höre Deine zärtliche Stimme und spüre Deine Sehnsucht, mich umarmen und liebkosen zu wollen. Ich muss mich beherrschen, damit Du nicht bemerkst, dass mir Tränen der Rührung und der Traurigkeit in die Augen steigen. »Ja, ich liebe, liebe, liebe Dich, mein Prinz«, flüstere ich jetzt ins Telefon, »aber bitte sei vernünftig, Liebling, Du musst Dich doch noch schonen und ich möchte nicht, dass Du Dich jetzt ins Auto setzt, um zu mir zu fahren und dabei meinetwegen noch ein gesundheitliches Risiko eingehst!« – Du protestierst energisch und unterstellst mir, eine Affäre zu haben. Du lässt einfach nicht locker und bestehst darauf, mich baldmöglichst sehen zu wollen. Ich stimme letztendlich zu, weil auch ich Dich sehr vermisse und ich mich um Dich besorge; ich möchte nicht, dass Du Dich so aufregst. Deine Eifersucht ist geradezu pathologisch und unbegründet, so dass ich völlig hilflos dieser Situation gegenüber stehe. Zum Einen möchte ich Deine Befürchtungen ausräumen und zum Anderen Dir meine Verzweiflung über Deine unnötigen Sorgen und Kränkungen ausdrücken.«

»Du bist tatsächlich zu mir gefahren gekommen und schließt mich jetzt liebevoll in Deine Arme. Trotz dem ich versucht hatte, es vor Dir zu verbergen, bemerkst Du sofort, dass ich geweint habe und küsst zärtlich meine Augen. Du fragst mich, wie Du denn ausschaust und ich antworte Dir, mit leiser Stimme, dass Du zwar noch ein wenig blass bist, aber ich fest davon überzeugt bin, dass sich bald schon Deine Selbstheilungskräfte aktivieren werden. Ich will das glauben, mein über Alles geliebter Marc, aber mein Gefühl und die Realität sagt mir etwas Anderes … . Du bist wie ausgewechselt, liebst mich besonders zärtlich, bist aufmerksam und liest mir dazu jeden Wunsch von den Lippen ab. Wir erklimmen bald darauf gemeinsam den Gipfel der Leidenschaft. Deine Augen leuchten und meine Depression ist, wie so oft in Deiner Gegenwart, wie weggeblasen. Du liegst in inniger Umarmung bei mir und kuschelst Dich ganz eng an mich. Zärtlich flüsterst Du meinen Namen und liebkost meinen Nacken … . Nachdem Du ein wenig geschlafen hast, tupfe ich Dir behutsam den Schweiß von Deiner Stirn und bedecke – trotz des schwülen Wetters – Deinen fröstelnden Körper mit der Sommerdecke. Liebling, ich spüre, dass die Krankheit mit Dir kämpft, dennoch überspiele ich meine Besorgnis um Dich, damit Du nicht deprimiert wirst. – Nun eröffnest Du mir, dass Du mich gerne heiraten und mit mir endlich zusammen ziehen möchtest, um Deinen dritten Lebensabschnitt mit mir, der Frau Deiner Träume und Liebe, verbringen zu können. Du sagst mir, dass ich für Dich das Liebste und Wichtigste – neben Deiner Tochter und Deinen Enkelkindern – bin und Dir während Deines Klinikaufenthaltes klar geworden ist, endlich Ordnung in Dein Leben bringen zu müssen. Du hast nun verstanden, dass ich im Ernstfall keine Chance haben werde, wenn ich nicht Deine Ehefrau bin. Du verstehst jetzt auch endlich, wie sehr ich gelitten habe, als ich um Dein Leben im Krankenhaus bangte, aber nicht zu Dir auf die Intensivstation gelangen konnte. Wochenlanges Warten und angstvolles Beten und Hoffen zermürbte mich und unseren Freund Jean, der immer und immer wieder vergeblich versuchte, Informationen über Deinen Gesundheitszustand zu erlangen.«

»Mein Prinz, geliebter Marc, ich bin so unendlich glücklich, dass es Dich gibt und ich wünsche mir so sehr, dass wir noch ein paar glückliche Jahre miteinander verbringen können, in Frieden und Liebe.«

»Nun scheint sich Alles zum Guten zu fügen. Deine Chemotherapie wird wohl noch ein paar Monate andauern und ich werde diese Zeit nutzen, um unsere gemeinsame, neu gefundene Wohnung zu renovieren und einzurichten, für unseren ›offizi-ellen‹ Lebensplan. Alles wird gut! Du wirst Mor-gen für Morgen mit mir frühstücken und mich Nacht für Nacht in Deinen Armen halten. Wir sind sehr reich, mein Prinz. Reich an Liebe und

Glückseeligkeit. Auch brauchst Du Dir bald keine Sorgen wegen Deinen Firmenschulden und Gläubigern mehr zu machen. Durch einen ›geschickten‹ Ehevertrag werde ich künftig jede Belastung von Dir fernhalten können.«

»Bald hast Du Deine Nachuntersuchung in der Klinik, bist dann ganz in meiner Nähe. Eine Bronchioskopie soll den Operationserfolg bzw. das mögliche Vorhandensein von Metastasen aufzeigen.«

»Die dritte chemotherapeutische Anwendung hat Deinen Körper sehr geschwächt und Dein Immunsystem ist stark angegriffen.«

Leben verlieren heißt Leben gewinnen

»Gestern, an einem Donnerstag, telefonierten wir Beide miteinander und Deine Stimme klang sehr ruhig und warm. Ich teilte Dir meine große Freude darüber mit, bald mit Dir in einer, in unserer gemeinsamen, Wohnung leben zu können und meine Glückseligkeit über unsere Heiratspläne. Voller Stolz vertraute ich Dir an, schon fleißig meine künftige Unterschrift eingeübt zu haben. Ja, ich würde mich nun schon sehr bald Nathalie Chantal Bohéme schreiben dürfen. Doch es blieb still am anderen Ende des Telefons und Du antwortetest mir etwa eine Minute später: »Pass' gut auf Dich auf, mein Liebstes, ich werde mich von Zeit zu Zeit bei Dir melden. Du bist mein Sonnenschein und die wichtigste Frau, die ich neben meiner Tochter und meinen beiden Enkelkindern über Alles Liebe. Nichts und Niemand wird uns jemals voneinander trennen können.«

»Ich verstand zu diesem Zeitpunkt Deine Worte nicht und fragte Dich, was das denn zu bedeuten hatte, denn wir würden uns doch sowieso spätestens am kommenden Dienstag treffen, wenn Du zur Nachuntersuchung in die Klinik kommen würdest.

Doch Deine Antwort lautete: »So Gott will. Ich liebe, liebe, liebe Dich! Auf Wiedersehen, meine geliebte Nathalie.«

»Am darauffolgenden Montag wurde ich dann von Deinem Büro darüber informiert, dass Du am Freitag Nachmittag plötzlich und unerwartet verstorben warst. Du sollst hohes Fieber und eine Lungenentzündung bekommen haben. Dieses berichtete mir auch Deine geliebte Schwester Helena. Ich befand mich jetzt total unter Schock, stand ganz neben mir. Nun begann mit Brachialgewalt die sogenannte ›erste Phase‹ des Trauerprozesses. Ich begann Deinen Tod einfach zu verdrängen und zu verleugnen, redete mir sogar, um dem bitteren Schmerz zu entfliehen, ein, dass Du geschäftlich verreist wärest oder dass Du ganz einfach nur einmal meine Liebe zu Dir prüfen wolltest. Mein Verstand und meine Seele spielten vollends verrückt und ich verstand jetzt endlich, dass Du Dich am vergangenen Donnerstag, von mir verabschiedet hattest.

Ich lernte nun auch, zu begreifen, dass Du mit Christus gekreuzigt, gestorben, begraben und zum neuen Leben auferstanden warst (**Gal. 2,19+20**). Ich fand nun hierzu bei meinem Trost suchenden intensiven Bibelstudium weitere Aussagen der

Bibel; »Sinnt auf das, was droben ist, nicht auf das, was auf der Erde ist! Denn ihr seid gestorben, und euer Leben ist verborgen mit dem Christus in Gott«*(Kol. 3,2+3)*. »Oder wisst ihr nicht, dass wir, so viele auf Christus Jesus getauft wurden, oder auf seinen Tod getauft worden sind? So sind wir nun mit ihm begraben worden durch die Taufe in den Tod« … *(Röm. 6,3+4)*.

»Denn wenn wir verwachsen sind mit der Gleichheit seines Todes, so werden wir es auch mit seiner Auferstehung sein«*(Röm. 6,5)*.

»Jesus sprach zu ihr: ich bin die Auferstehung und das Leben; wer an mich glaubt, wird leben, auch wenn er gestorben ist«*(Joh. 11,25)*.«

»Du, mein geliebter Prinz, warst ganz einfach heimgekehrt zu IHM, zu Gott dem Vater. Du warst umgekehrt von einem Leben ohne Gott, hin zu einem Leben mit Gott; denn da wo ein Mensch sich im Glauben an Gott wendet, kommt Jesus Christus selbst in sein Leben durch den Heiligen Geist. Damit kommt wieder Leben in diese Person, weil sie wieder Gemeinschaft hat mit dem lebendigen Gott. Und der Tod ist das Ende einer Beziehung.«

»Ich bin mir nun ganz sicher, dass wir uns wieder sehen werden. Du bist ganz einfach etwas früher heimgekehrt zu IHM.

In ewiger und tiefer Liebe, Deine Nathalie!«

Nahtoderlebnisse – Eine veranschaulichende Ausarbeitung der Autorin

Nathalies Geschichte und der Hilfe versprechende Umgang mit ihrer Trauer durch den Glauben an Gott, hatte mich zutiefst berührt und auch sehr nachdenklich gemacht und ich möchte im Anschluss hieran, auch noch eine weitere Veranschaulichung zu dem Thema meines Buches an die werten Leser/innen herantragen.

Weder Nathalie noch ich können über eigene Nahtoderfahrungen berichten, dennoch sind unsere Geliebten von uns gegangen und hatten Nahtoderlebnisse erfahren, zu denen wir sie aber nicht befragen konnten. Auch mein Liebster wurde nach einem schweren Herzinfarkt reanimiert und berichtete mir, dass das ›Zurückholen‹ in das diesseitige Leben schrecklich und schmerzhaft gewesen war, er habe alles mitanhören können, was das Kardiologenteam im Operationssaal während dieser Wiederbelebung gesagt habe. Weiter wollte er aber nicht darüber reden. Er war jedoch seit diesem Erlebnis wie ausgewechselt, so wie auch Marc. So ließ auch er plötzlich erkennen, dass er doch an Gott glaubte.

Der Haupttitel meines Buches lautet: ›L(i)ebenslang und unvergänglich‹ und er bewahrheitet sich eigentlich schon in der Interpretation Nathalies der Erläuterungen in der heiligen Schrift, der Bibel. Da ich zudem die Forschungsergebnisse einiger Wissenschaftler hier mit einbeziehe, trotze ich der allgemein geläufigen Aussage: »… bis dass der Tod uns scheidet« und gebe meinem Buchtitel eine angemessene, sich selbst erklärende ›Daseinsberechtigung‹. –

Bereits 1975 wurde eine Forschungsarbeit von dem Amerikaner namens Raymond Moody, einem ursprünglichen Philosophen, veröffentlicht. In diesem Werk geht es um Menschen, die über Nahtoderlebnisse berichten könnten, weil sie die Schwelle zum Tod erlebt hatten, und aus eigener Erfahrung berichten konnten, was ihnen in ›diesem Moment‹ widerfahren ist.

Auch andere Wissenschaftler haben sich mit diesem Thema befasst und konnten ganz ähnliche Ergebnisse vorweisen. R. Moody war nach eigenen Angaben nicht religiös und hatte sich auch nicht mit okkulten Dingen beschäftigt.

Er war bestrebt, das Thema wissenschaftlich zu belegen. So führte er Interviews mit Betroffenen durch und war stets bemüht, die Berichte zu systematisieren und seine Arbeiten möglichst objektiv darzustellen. Er stellte bald fest, dass er keine Beweise im herkömmlichen Sinne führen konnte, da der Inhalt der Berichte weit ins Übersinnliche ging. Einhundertundfünfzig Fallbeispiele wurden von ihm untersucht und in drei verschiedene Gruppen unterteilt:

1. Erfahrungen von Reanimierten, die von ihren Ärzten für tot gehalten wurden;
2. Erfahrungen von Menschen, die bei Unfällen und Unglücken oder schweren Erkrankungen dem Tode sehr nahe waren und
3. Zeugenberichte (z. B. von Ärzten).

Die dritte Gruppe hatte er nicht in seine Auswertungen mit einbezogen. Er hatte herausgefunden, dass bei all diesen Erlebnissen eine ähnliche Reihenfolge zu beobachten war. Die Ereignisse und die Abfolge, die beschrieben wurden, waren sich sehr ähnlich und es spielte dabei keine Rolle, welchen Hintergrund die Menschen hatten (beispielsweise religiös im christlichen Sinne oder Atheist).

Hier folgt nun eine exemplarische Schilderung:

»Während ein Mensch im Sterben liegt, hört er, wie ihn der Arzt für tot erklärt. Dann nimmt er ein unangenehmes Geräusch (ein durchdringendes Brummen oder Läuten) wahr und hat gleichzeitig das Gefühl, sich sehr schnell durch einen langen und dunklen Tunnel / eine dunkle Höhle oder einen Schacht / einen Trichter oder ein Tal zu bewegen. Anschließend befindet er sich außerhalb seines Körpers, dennoch in derselben Umgebung wie zuvor. Aus einiger Entfernung schaut er nun auf den eigenen Körper. Nach einiger Zeit gewöhnt er sich an diesen sonderbaren Zustand und entdeckt jetzt, dass er noch immer einen Körper besitzt, der sich sowohl nach seinen Fähigkeiten, als auch nach seiner Beschaffenheit von dem physischen Körper, den er verlassen hat, unterscheidet. Jetzt nähern sich dem Sterbenden andere Wesen, um ihn zu begrüßen und ihm zu helfen. ER erkennt jetzt die Geistwesen bereits verstorbener Verwandter und Freunde und dann erscheint vor ihm ein Liebe und Wärme ausstrahlendes Lichtwesen und stellt ihm ohne Worte zu gebrauchen, eine Frage, die ihn dazu bringen soll, sein Leben als Ganzes zu bewerten. Blitzschnell lässt es jetzt das Panorama der wichtigsten Stationen seines Lebens an ihm vorbeiziehen. Jetzt scheint es dem Sterbenden, sich einer Grenze zu nähern, die offenbar die Schwelle zwischen dem irdischen und dem folgenden Leben darstellt. Doch wird ihm nun klar, dass der Zeitpunkt seines Todes noch nicht gekommen ist und er daher zur Erde zurückkehren muss. Seine Erfahrungen mit dem jenseitigen Leben haben ihn so gefangen genommen, dass er eigentlich nicht mehr zurückkehren möchte. Überwältigende Gefühle der Freude, der Liebe und des Friedens erfüllen ihn und trotz seines inneren Widerstandes vereinigt er sich wieder mit seinem physikalischen Körper und lebt weiter. Dieses Erlebnis hinterlässt Spuren in seinem Leben. Der jeweilige Mensch steht in besonderer Art dem Tod gegenüber und fasst seine Beziehung zum Leben besonders auf. Diese überirdischen und ›unbeschreiblichen‹ Geschehnisse in angemessene menschliche Worte zu fassen gestaltet sich schwierig. Da es auch zu Unverständnis und Spott von Menschen kommt, ist der Betroffene im Hinblick auf sein Erlebnis besonders zurückhaltend. Übereinstimmend erlebten die Befragten eine Veränderung ihrer Sinne während eines solchen Erlebnisses. So sehen diese Menschen ihre Umgebung und können sie im Nachhinein deutlich beschreiben. Auch scheint das Hören für sie eine ganz besondere Qualität anzunehmen. Zudem wird der Temperatursinn angesprochen, während der Tastsinn unerwähnt bleibt.

Anhand zahlreicher Beispiele lassen sich Ähnlichkeiten der Nahtoderlebnisse erkennen. Beispiel: Anlässlich einer geplanten Operation wurde vor ca. dreißig Jahren einem Kind eine Äthernarkose verabreicht, indem man ihm ein Tuch über die Nase stülpte und genau in diesem Augenblick, so bekam es später gesagt, setzte seine Atmung aus. Erst viele Jahre später berichtete der mittlerweile erwachsene Mensch von seinem Erlebnis. Er habe ein rhythmisch brummendes Tönen gehört und dann soll er sich durch einen langen, dunklen Gang bewegt haben, das Rohr, oder etwas ähnliches, bewegte sich – laut seiner Schilderung – hin und her und vibrierte die ganze Zeit im Rhythmus dieses klingenden Geräusches. Nach solch einem Erlebnis wird berichtet, dass der Sterbende sich plötzlich ›nach außen‹ erlebt, scheinbar seinen Körper verlassen hat und die Geschehnisse so wahrnimmt, als wäre er Zuschauer eines Filmes; eine dritte Person, die auf die Szene sieht. Hierbei ist es interessant, dass die Menschen, wenn sie wieder bei Bewusstsein sind, Details beschreiben können, was dann andere Menschen erstaunt, weil sie nicht verstehen, wie der Berichtende das mitbekommen haben soll, wenn er doch bewusstlos war. Demnach muss man sich also selbst dabei zusehen können.«

Nachdem ich nun also mit der Arbeit an meinem Buchmanuskript fortgefahren war, las ich in einem anderen Nahtoderfahrungsbericht eine Definition, die mich ganz spontan zum Telefon greifen ließ, um eine Telefonnummer in der Schweiz zu wählen … . »Guten Tag, hier spricht Frau Dröscher aus Deutschland, ich bin Autorin und möchte bitte mit Frau Lefèvre sprechen. Können Sie mich bitte mit ihr verbinden?« Am anderen Ende war jetzt das Sekretariat von der Fachklinik, in der sich Nathalie zur Zeit befand, freundlich bemüht, Nathalie ausfindig zu machen, um uns schließlich miteinander zu verbinden. Nathalie war auf ihrem Zimmer und hielt gerade einen Mittagsschlaf, um in etwa einer Stunde eine weitere medizinische Anwendung zu bekommen. »Oh, grüß Gott, Janine, 'tschuldigung, ich meine natürlich, Frau Dröscher, das ist aber schön, dass Sie an mich denken! Wir haben hier ein Wetter, wie aus dem Bilderbuch. Und wenn Sie jetzt hier bei uns wären, dann würde ich Ihnen gerne die schöne Gegend zeigen … . Hallo, sind Sie noch dran?« »Ja«, antwortete ich gut gelaunt und fragte dann in einem etwas überrascht klingendem Tonfall: »War das eben etwa eine Einladung, Nathalie? Übrigens habe ich nichts dagegen, wenn wir uns beim Vornamen nennen. Während meiner Verlagsarbeit habe ich etwas sehr Interessantes gelesen, was ich Ihnen auf gar keinen Fall vorenthalten möchte, auch weil ich der Meinung bin, dass es Ihnen bei Ihrer Trauer um Marc eine gute Hilfe sein kann.« »Wann kommen Sie, liebe Janine? Passt es Ihnen vielleicht schon am kommenden Freitag, dann könnten Sie doch bis zum Sonntag hier bleiben. Ich suche Ihnen eine schöne Unterkunft, in der Nähe dieser Klinik aus und dann werden wir uns eine schöne Zeit machen.« »Ja, in Ordnung, Nathalie, das freut mich jetzt aber sehr, ich suche mir eine günstige Flugverbindung nach Zürich heraus. Ist Ihnen denn Freitag, am späten Nachmittag, recht? Dann rufe ich Sie an, wenn ich angekommen bin, o.k.?« »Ja, so machen wir es«, hörte ich nun Nathalie spontan zustimmen. Sie gab mir noch die direkte telefonische Durchwahl zu ihrem Zimmer durch, die ich dann in meinen Terminkalender eintrug. –

Ich schrieb nun mein Buchmanuskript mit den mir angelesen habenden Erkenntnissen zu Ende, da ich jetzt beschlossen hatte, Nathalie direkt aus meinem Manuskript vorzulesen.

Damals, bei meiner Begegnung mit Nathalie, am Flughafen Frankfurt a. M., hatte sie mir doch noch kurz über Marcs verändertem Verhalten nach seiner Nahtoderfahrung erzählt.

Nun hatte ich also – in einem Bericht über Nahtoderlebnisse – von einem Fall gelesen, dessen Verlauf auch die Wesensveränderung von Marc und die meines verstorbenes Lebenspartners zu erklären schien.

Darin stand geschrieben, dass ein Sterbender seine Wiederbelebung selber beobachten konnte, Er schwebte also über seinem Körper und konnte diesen ausgestreckt auf dem Bett sehen und sah auch das Krankenhauspersonal um diesen herumstehen, nachdem ihn der Arzt für tot erklärt hatte. Dann sollen sie mit einer Maschine angekommen sein und er will gesehen haben, wie sie ihm die Elektroden auf die Brust setzten und ihm den Schock gaben. Dabei soll er gesehen und mitbekommen haben, wie sein Körper vom Bett hochgeschnellt sei und sämtliche Knochen darin geknackt und geruckt hatten. Er habe es als furchtbar empfunden, als man ihm – da unten – auf seinen Brustkorb klopfte, und als er seine Beine und Arme gesehen habe, fragte er sich, weshalb sie sich nur so viel Mühe mit ihm machten, wo es ihm doch so gut ginge.

Auf dieses ›Außerkörperlichsein‹ reagieren die betroffenen Menschen scheinbar unterschiedlich. Zunächst sind sie verwirrt, weil sie sich noch in der bisherigen Szene befinden, aber in einer völlig anderen Bewusstseinsebene. Sie berichten darüber, diesen anderen Körper zu erleben, den Moody den ›spirituellen Leib‹ genannt hat und sie glauben, dass sie während dieses Erlebnisses noch in der bisherigen Realität anwesend sind, aber diese Daseinsform, die Moody eben den ›spirituellen Leib‹ genannt hat, verfügt überhaupt nicht über die Qualitäten, die der irdische Körper bietet. Dieser ›spirituelle Leib‹ ist mit der hiesigen Sprache nicht zu beschreiben, er wird in seiner Gestalt häufig als kugelig oder als Wolke und gewichtlos beschrieben. Übereinstimmend wird überzeugt darüber berichtet, dass dieser Leib von den Lebenden zwar nicht gesehen werden kann, aber existent sei. Die Betroffenen stellen hierbei fest, dass sie nicht von anderen Menschen gesehen werden und sie scheinen keine Stofflichkeit zu haben und können sich den Lebenden in der Szene nicht deutlich machen. Sie haben das Gefühl, dass sie nicht wahrgenommen werden; es kann sie wohl keiner hören und ihre Hände, bei dem Versuch etwas wegzuschieben, gingen durch sie durch oder um sie herum. Diese Tatsache bewirkt bei ihnen zunächst Panik und die Angst, nicht mehr in den bisherigen Körper zurückkehren zu können. Sie erleben, dass sie offenbar keinen stofflichen Widerstand mehr erzeugen können, was sie besorgt macht und in ihnen ein starkes Einsamkeitsgefühl, das Gefühl vollkommener Isolierung, erzeugt. Beruhigender Weise hält dieses Einsamkeitserlebnis nicht lange an. Je mehr der Mensch in das Sterbeerlebnis eindringt, desto mehr Hilfe wird ihm geleistet, häufig wird beschrieben, dass sich Menschen dazugesellen, bzw. Wesen vom Sterbenden als Menschen oder Wesen erkannt werden, in einem irgendwie durchscheinendem, nicht stofflichen Körper, die er zu Lebzeiten gekannt hat, jedoch niemals noch Lebende! Es wird beschrieben, dass die Gegenwart gespürt und das Wesen desjenigen plastisch wahrgenommen wird, also ein innerliches Sehen und Spüren, anders als bei den Lebenden. Während des gesamten Erlebnisses – so wird berichtet – scheinen die Sinne und das Denken verändert, von wunderbarer Klarheit. Der Verstand würde einfach alles registrieren und sogleich das Aufgenommene verarbeiten, ohne sich ein weiteres Mal damit beschäftigen zu müssen. Das Sehen ohne die irdischen Augen, also das ›spirituelle Sehen‹ sei ebenfalls viel deutlicher und klarer, ohne eine Bindung an Entfernungen und Dimensionen. Es gibt Betroffene, die hier beschreiben, dass sie sich an die Menschen, die sie sich ansehen wollten, ›ranzoomen‹ konnten und dabei eine kristallklare Wahrnehmung gehabt hätten. Das Hören habe sich ebenfalls verändert: Anfangs würde das bereits beschriebene Geräusch oder auch Musik gehört werden. Stimmliches würde in ihrem Bewusstsein – anders, als die Stimme von Lebenden, als eine Art Gedankenübertragung wahrgenommen werden; nicht akustisch. Zu diesen Wesen, die man eben als bekannte Wesen erkennt, kommt das beeindruckendste Erlebnis, welches durchgängig beschrieben wird, nämlich, dass ein – von nicht religiösen Menschen so benanntes – Lichtwesen auftaucht. Es wird in allen Beschreibungen als ein ganz helles Licht oder eine unbeschreibliche Helligkeit beschrieben. Christlich Erzogene sprechen auch von Christus, andere von einem Engel. Es wird als ungeformtes Licht beschrieben, das durchgängig Persönlichkeit erlebt. Von dieser Person geht eine unendliche Liebe und Wärme aus, die den Sterbenden umgibt und geleitet. Sobald dieses Lichtwesen auftaucht, nimmt es Kontakt zu dem Sterbenden auf, es findet eine gedankliche, nonverbale Kommunikation statt. Es wird von den Sterbenden berichtet, dass es bei diesem Gedankenaustausch mit diesem Lichtwesen keine Missverständnisse gibt, dem Lichtwesen sind alle Gedanken offenbar zugänglich. Unverzüglich befragt es dann den Sterbenden nach dem ›vorbereitet sein‹ und nach dem ›Erreichten‹ in seinem Leben. Nach der Befragung leitet dieses Lichtwesen über zu einem anderen sehr eindruckvollen Erlebnis: der Sterbende schaut sich gemeinsam mit dem Lichtwesen in einer Art Rückschau sein Leben in Bildern an. In dieser Rückschau wird das Leben und die Taten beurteilt. Das was sie in der Rückschau sehen, wird von ihnen selbst moralisch beurteilt, *entsprechend einer Bibelstelle bei Matthäus:* *»Du wirst so gerichtet, wie Du gerichtet hast.«* Hierbei erlebt man dann eigene Taten und Verhaltensweisen aus der Perspektive desjenigen, mit dem man interagiert hat. Unter Umständen erlebt man dabei furchtbare Qualen, je nachdem, wie man sich den Menschen gegenüber verhalten hat. Bei dieser Rückblende geht es dem Lichtwesen nicht darum, zu erfahren, was der Sterbende in seinem Leben getan hat, denn das weiß es bereits. Es möchte mit diesen Rückblicken etwas zeigen und den Sterbenden belehren und betont dabei immer wieder, wie wichtig die Liebe ist. Es spricht dabei von einem kontinuierlichen Prozess.

Im Anschluss daran wird von den Befragten berichtet, dass sie an eine Schranke, Linie, usw., bzw. eine Grenze gekommen sind, hinter der sie dann Verstorbene, häufig Verwandte und

Freunde gesehen hätten, die sie offenbar emp-
fangen wollten.

Da es »**Nah**«toderlebnisse sind, ist es ver-
ständlich, weshalb sie berichteten, dass sie sich
wie zurückgeholt fühlten oder ihnen jemand
befahl, zurückzugehen. Häufig wären Gründe
aufgeführt worden, weshalb man zurückgehen
musste, beispielsweise wenn wahrgenommen
worden war, dass Aufgaben auf der Erde noch
nicht beendet worden waren. Interessant finde
ich auch, dass sie beispielsweise wegen kranker
Angehöriger und auch aufgrund der Liebe zu
ihren Angehörigen zurückgekommen waren. –

Obwohl seinerzeit Ärzte sowohl den Tod von
Marc und auch den meines Liebsten festgestellt
hatten, wurden Beide reanimiert und lebten
noch ein paar Wochen weiter. Sie hatten einen
starken Lebenswillen und wollten bzw. konnten
den Wiedereintritt in den Körper nicht beschreiben. Unabhängig davon sei eine Bewusstlosigkeit
aufgetreten, dann ein Ruck und man war in den
Körper zurückgekehrt.

Entsprechend dem Bericht, den ich hier gerade
zu Hilfe nehme, veranschauliche ich das Verhalten von Marc und das meines verstorbenen

Lebenspartners, auch weil ich hier viele Parallelen entdecke.

Zusammenfassend gesagt, sind die Folgen, welche die Erlebnisse haben, sehr bedeutend für den Einzelnen. Es wird berichtet, dass ihre Wertschätzung gegenüber dem Leben gestiegen ist, sie nachdenklicher geworden sind und dass sie sich plötzlich mit philosophischen Fragen beschäftigen, mit der Frage ›danach‹ und welche Aufgaben sich im Leben stellen. Über zwei Kernerfahrungen wird übereinstimmend berichtet: Zum Einen geht es im Leben darum, Liebe zu anderen Menschen zu entwickeln und sie zu verstehen und zum Anderen geht es darum, Wissen zu erwerben und Projekte zu verfolgen. Es wird berichtet, dass die Menschen, die ein Nahtoderlebnis hatten, keine Angst mehr vor dem Tod haben. Sie glauben sicher, dass das Leben ein Geschenk und eine Chance ist, sich zu entwickeln; im Innersten wissen sie, dass es gar keinen Tod gibt und man dann nur weiter geht. Auch hat sich für diese Menschen nach dem Erlebnis die Vorstellung von Strafe und Belohnung nach dem Tode als unzutreffend gezeigt. Sie haben erkannt, dass nach dem Tod Äußerlichkeiten, materieller Wohlstand und soziales Prestige nicht von Bedeutung sind, dass die Dinge nachtodlich abfallen. Es zählt einzig Liebe und wie man Beziehungen zu anderen Menschen gestaltet hat.

Ich gehe davon aus, dass sich Moody und Rudolf Steiner – der auch über Nahtoderlebnisse geschrieben hat – nicht gekannt haben. Steiner lebte ohnehin zu einer Zeit, wo es solche Forschungen noch gar nicht gab und Nahtoderlebnisse noch viel seltener, da solche Erlebnisse erst durch die modernen medizinischen Maßnahmen viel wahrscheinlicher geworden sind. Steiner beschreibt das Todeserlebnis als etwas, das nach einem weiteren ›nachtodlichen‹ Leben ein ganz wesentliches, unvorstellbar schönes Ereignis ist, das der Mensch in sich trägt. Er beschreibt auch, dass es notwendig ist, den physischen Leib zu verlassen, um zu einem ›Ich-Bewusstsein‹ der geistigen Welt zu kommen.

Das Kernerlebnis des Todeserlebnis ist es, dass das Geistige über das Leibliche hinaus einen wesentlichen Bestand hat.

Die Begegnung mit Nathalie
und meine Buchveröffentlichung

Nathalie stand in der Flughafenhalle und empfing mich herzlich. Während der Fahrt im Taxi, auf dem Weg zu meinem Hotel, entschieden wir spontan, einen Abstecher in einen nahegelegenen, wunderschönen Park zu unternehmen. Als wir dann dort schließlich nach einem Cafébesuch spazieren gegangen waren, hatten wir zwischenzeitlich auf einer bequemen Parkbank Platz genommen. Hier war nun die Gelegenheit gekommen, Nathalie mein Buchmanuskript vorzutragen.

Gespannt und hochkonzentriert hörte sie mir zu und unterbrach mich kein einziges Mal. Jetzt rannen ihr Tränen über ihr ebenmäßiges Gesicht und auch ich ertappte mich dabei, dass meine Stimme etwas brüchig und langsamer geworden war; wir spürten in dem selben Moment, dass nichts und Niemand unsere lebendige Liebe zu unseren Liebsten sterben lassen kann. Das war die Bestätigung für mich, dass der Buchtitel ›L(i)ebenslang und unvergänglich‹ der einzig wahre Titel für mein künftiges Buch sein würde.

Nathalie bedrängte mich förmlich, es endlich verlegen zu sollen, was ich ja letztendlich getan habe. Dieses Buch halten Sie, meine werten Damen und Herren Leser/innen, jetzt in den Händen und ich danke Ihnen dafür und auch für Ihr Interesse an dem Phänomen der Unvergänglichkeit der wahren Liebe …! – Im Übrigen habe ich bis zum heutigen Tage nichts mehr von Nathalie gehört. Wie ähnlich wir uns doch waren … Unter den Telefonnummern, die sie mir damals gegeben hatte, war sie plötzlich nicht mehr erreichbar, auch nicht unter ihrer Adresse. Seltsam war es auch, dass sich keine Menschenseele an ihrem Wohnort an sie erinnern konnte; so, als sei sie niemals wirklich existent gewesen. Vielleicht nur nicht wirklich in körperlicher Gestalt …?

Bereits erschienen
von Petra J. Dröscher:

›Macht macht Ohnmacht mächtig‹
ISBN 978-3-8334-5093-8
7,99 Euro

Autorenvita

Dröscher, Petra J., geboren 1964. Seit 1989 Kommunikationskauffrau. Anfang 1997 Fachangestellte für Bürokommunikation mit Ehrung durch den Ministerpräsidenten im Landtag. Bereits seit 1992 im mittleren Dienst bei einem Ministerium angestellt.

Die Autorin schreibt u. a. Prosa, Gedichte, Kurzgeschichten und Erzählungen.

Veröffentlichungen: Buch im BoD-Verlag, Norderstedt (06/2006), mit dem Titel: ›Macht macht Ohnmacht mächtig‹. Beteiligt an ›Autoren-Werkstatt‹ 53. und 91. sowie Beiträge in diversen Zeitschriften.

Als sensible, verträumte und dennoch realistische Frau mit Herz und einer »poetischen Ader«, betrachtet sie so manches Buch als »treuen Freund« und bringt seit vielen Jahren ihre Gedanken – in schöne und warme Sätze gebettet – zu Papier, die sie gerne den werten Leser/inne/n, ihr nahestehenden Personen und der unvergänglichen Liebe ihres Lebens anvertraut.

Weitere Interessengebiete: Singen im Bereich der U-Musik und Musizieren (Akkordeon, Orgel und Mundharmonika), Sprachen, Jura (u. a. das Deutsche Strafrecht), praktische Psychologie sowie die Leidenschaft für Schmuckdesign.